Richard

et le secret des livres magiques MC

SÉRIE CLASSIQUE

LES TROIS MOUSQUETAIRES

Adapté du roman original de Alexandre Dumas

SÉRIE CLASSIQUE

Richard

et le secret des livres magiques MC

LES TROIS MOUSQUETAIRES

Traduit en français par : Anne-Marie Courtemanche

Adapté par :
Denise Deveau

Illustré par :
Dan Nosella

*Richard et le secret des livres magiques*MC Série Classique est inspiré du film *Richard et le secret des livres magiques*MC, une production de la 20th Century Fox en collaboration avec la maison Turner Pictures. MC & © 1994 Twentieth Century Fox Film Corporation et Turner Pictures, Inc. Tous droits réservés. Adaptation de « Les Trois mousquetaires » Texte et illustrations, tous droits réservés © 1994 Tribute Publishing Inc. Publié au Canada par : Tribute Publishing Inc., Don Mills, Ontario.
Imprimé au Canada par Imprimeries Québécor.   ISBN 1-896298-01-X

Richard MC
et le secret des livres magiques

présente

LES TROIS MOUSQUETAIRES

Adapté du roman original d'Alexandre Dumas

En 1626, par une belle journée de printemps, les habitants du village de Meung, en France, assistèrent à un drôle de spectacle. Un jeune et bel étranger, vêtu d'un costume de fermier, venait tout juste d'arriver sur une piteuse monture.

Ce jeune homme se nommait d'Artagnan. Il venait de quitter la maison familiale et était en route pour Paris où il comptait devenir mousquetaire du roi. Les mousquetaires étaient non seulement les gardes du roi Louis XIII et de la reine Anne de France, mais ils étaient aussi les ennemis jurés du cardinal de Richelieu, un homme puissant et très dangereux.

D'Artagnan était courageux mais susceptible.

4

Lorsqu'il descendit de son cheval, d'Artagnan remarqua la présence de trois hommes près de l'auberge. L'un d'eux avait une allure impressionnante. Il était grand, avait les yeux aussi noirs que sa moustache, et une cicatrice sur la joue. C'était également un bon ami du cardinal de Richelieu. Avec ses compères, il s'esclaffa à la vue de d'Artagnan.

- « Monsieur, s'écria d'Artagnan. Dites-moi ce qui vous fait rire et nous rirons ensemble !

- Ce cheval ressemble à un bouton-d'or, dit l'homme à la cicatrice à ses amis. C'est une couleur très courante chez les fleurs, mais plutôt rare chez les chevaux ! »

Dégainant son épée, d'Artagnan répliqua :

- « Retournez-vous, monsieur, ou je vous frappe par derrière.

- Me frapper ? Mais vous êtes fou ! »

D'Artagnan s'élança vers lui. L'homme recula. Ses amis s'engagèrent dans la bataille et attaquèrent d'Artagnan qui, écrasé par ses assaillants, dut s'avouer vaincu. Il déclara :

- « Nous allons voir ce que le capitaine des mousquetaires pensera de vos insultes. J'ai dans ma poche une lettre qui lui est destinée. »

Soudain, l'homme à la cicatrice eut l'air très préoccupé. « Est-ce que le capitaine m'aurait envoyé cet homme, pensa-t-il. Je dois m'en assurer. » Il se retourna et aperçut une femme qui observait la scène de son carrosse. C'était une très belle dame aux longs cheveux blonds, qui avait un teint d'albâtre et un charmant sourire.

- « Milady, murmura l'homme. Le cardinal vous ordonne de retourner en Angleterre et de l'avertir dès que le duc de Buckingham quittera Londres. Voici une boîte qui contient ses instructions. Ne l'ouvrez que lorsque vous serez arrivée en Angleterre. Je dois maintenant retourner à Paris. »

Après cet incident, d'Artagnan passa la nuit à l'auberge. Le lendemain matin, il constata que sa lettre avait disparu !

- « Où est ma lettre ?, s'écria-t-il. Cette lettre est mon avenir, ma fortune !

- L'homme à la cicatrice est revenu hier soir, lui expliqua l'aubergiste. Pendant que vous dormiez dans votre chambre, je l'ai aperçu dans la cuisine, à l'endroit où vous aviez laissé votre veste...

- Alors, c'est lui le voleur ! »

lui demanda le capitaine.

- Je veux devenir mousquetaire, mais on m'a volé la lettre que mon père vous avait adressée.

- Ne vous en faites pas, jeune homme, j'ai bien connu votre père. Ce voleur, était-il avec une femme ?

- Oui, capitaine.

- Était-elle Anglaise ?

- Oui, elle l'était. Il lui a remis une boîte contenant des instructions tout en spécifiant qu'elle ne devait l'ouvrir qu'une fois arrivée à Londres.

- Je vous préviens : soyez prudent. Si vous revoyez cet homme ou cette jeune femme, éloignez-vous ! Comme je ne peux vous embaucher comme mousquetaire immédiatement, je vais écrire une lettre au capitaine d'un autre régiment où vous pourrez recevoir votre formation... »

Mais le capitaine n'eut pas le temps de terminer sa phrase. D'Artagnan, qui jetait un coup d'œil par la fenêtre, s'élança précipitamment hors de la pièce en criant : « Mon voleur ! Il est là ! Il

D'Artagnan était loin de se douter que l'homme à la cicatrice et Milady deviendraient bientôt ses pires ennemis...

D'ARTAGNAN RENCONTRE LES TROIS MOUSQUETAIRES

En posant le pied à Paris, d'Artagnan se rendit tout de suite chez le capitaine des mousquetaires, M. de Tréville, un homme que le roi estimait beaucoup. Dès son arrivée, d'Artagnan se sentit très intimidé. Les quartiers généraux étaient bondés de mousquetaires à l'allure brave et fière.

- « Que puis-je faire pour vous ?,

faut que je le l'attrape ! »

En dévalant l'escalier, d'Artagnan entra en collision avec un très noble mousquetaire. Il se nommait Athos.

- « Regardez où vous posez les pieds, jeune homme !

- Je suis désolé, mais je suis pressé, répondit d'Artagnan. Si je n'étais pas si pressé, je vous ferais payer votre impolitesse ! »

Athos, outré par tant d'audace, décida de provoquer d'Artagnan en duel :

- « Je vous attends demain midi, à côté des jardins de la cour. Nous verrons qui est le plus fort !

- J'en suis fort aise ! » rétorqua d'Artagnan, en poursuivant sa course.

Dans sa hâte, d'Artagnan croisa un autre mousquetaire nommé Porthos. Il était grand et portait un long manteau de velours qui témoignait de sa richesse. Le jeune homme était tellement pressé qu'il s'empêtra dans le manteau.

- « Holà ! lui dit Porthos. Vous ne devriez pas vous précipiter ainsi !

- Pardon. J'essaie d'attraper quelqu'un et j'ai...

- On ne bouscule pas un mousquetaire de cette façon, dit Porthos. Nous nous rencontrerons demain à 13 heures pour régler cette affaire.

- C'est d'accord, à 13 heures », répondit d'Artagnan.

Lorsqu'il arriva enfin dehors, le voleur à la cicatrice avait disparu. Tout en songeant à sa malchance, d'Artagnan remarqua un autre mousquetaire qui s'entretenait avec des hommes. Il s'appelait Aramis. D'Artagnan remarqua qu'il avait le pied sur un mouchoir blanc portant des initiales. D'Artagnan lui dit très poliment :

- « Excusez-moi monsieur, mais je crois que vous avez laissé tomber votre mouchoir.

- Vous faites erreur, jeune homme, il ne m'appartient pas. Voyez, le mien est dans ma poche. »

Aramis jeta à d'Artagnan un regard l'incitant à oublier l'incident, mais le jeune homme ignora l'avertissement...

- « Je vous ai vu l'échapper, dit d'Artagnan. Vous mentez.

- Je vais vous apprendre à bien vous conduire, lui répondit Aramis furieux. Rencontrez-moi demain à 14 heures et nous réglerons ça comme des hommes. »

LE PREMIER DUEL DU JEUNE D'ARTAGNAN

Le lendemain, d'Artagnan se rendit à proximité du jardin de la cour pour son rendez-vous de midi avec Athos. À son arrivée, le mousquetaire était déjà là. « J'attends mes amis, dit-il. Nous pourrons alors débuter. »

Porthos et Aramis arrivèrent alors, à la grande surprise de d'Artagnan.

- « Ce sont là les amis que vous attendiez !, 'demanda le jeune homme à Athos.

- Tout à fait. Ne savez-vous donc pas que nous sommes les Trois Mousquetaires et que nous sommes très connus dans cette ville ?, lui répondit Athos.

- Mais je dois aussi le rencontrer en duel à 13 heures !, dit Porthos.

- Et moi à 14 heures !, ajouta Aramis.

- J'espère que vous me pardonnerez si je ne peux me rendre à

chacun de ces rendez-vous, répliqua d'Artagnan. Si je suis tué maintenant, je ne pourrai pas tenir parole. Athos, en garde ! »

Au moment même où le jeune homme dégainait son épée, une forte agitation s'éleva derrière lui. Cinq gardes du cardinal étaient là, prêts à foncer sur les trois mousquetaires.

- « Que faisons-nous ?, demanda Athos. Ils sont cinq et nous ne sommes que trois.

- Non, nous sommes quatre, lança d'Artagnan.

- Quel est donc votre nom, jeune homme ?, demanda Athos.

- D'Artagnan.

- Alors, d'Artagnan, battons-nous ! »

La bataille fut courte. D'Artagnan n'avait pas beaucoup d'expérience mais il était tellement emballé à l'idée de se battre aux côtés des mousquetaires qu'il renversa facilement son adversaire. Les trois mousquetaires vinrent rapidement à bout des autres gardes et, une fois le combat terminé, ils invitèrent d'Artagnan à célébrer la victoire en leur compagnie. Les quatre hommes se mirent en route, bras dessus, bras dessous. D'Artagnan ne pouvait croire à sa chance : il était maintenant l'ami des Trois Mousquetaires !

LES TROIS MOUSQUETAIRES ET D'ARTAGNAN DEVIENNENT AMIS

La bataille entre les mousquetaires et les gardes du cardinal fit grand bruit et la nouvelle arriva aux oreilles du roi. Malgré l'interdiction de se battre dans les rues, le roi fut heureux d'apprendre que ses mousquetaires s'étaient bien défendus.

- « Je verrai ces hommes demain, déclara le roi au capitaine des mousquetaires. Demandez-leur d'amener avec eux ce jeune homme qui se nomme d'Artagnan. »

Quel honneur pour d'Artagnan ! Le lendemain, très ému, il se présenta donc au palais avec ses nouveaux amis. Lorsque le roi l'aperçut, il fut tout de suite séduit.

- « C'est le jeune homme qui s'est si bien battu ? Mais ce n'est qu'un enfant ! »

En guise de récompense, le roi Louis XIII offrit à d'Artagnan, en plus de plusieurs pièces d'or, un poste de cadet dans un régiment de gardes.

- « Je suis impatient de voir la réaction du cardinal, déclara le roi. Il sera furieux. »

D'Artagnan, avec l'argent de sa récompense, embaucha un valet nommé Planchet et trouva une chambre dans la maison du mercier, monsieur Bonacieux. Ses premiers jours à Paris furent consacrés à ses nouveaux amis. Il apprit qu'Athos, l'aîné des trois mousquetaires, avait vécu une histoire mystérieuse dont il ne parlait jamais. Il était sérieux et silencieux, ce qui le faisait paraître plus vieux que son âge. Porthos, lui, parlait beaucoup et à tout le monde. Il dépensait beaucoup d'argent aux jeux de hasard et à l'achat de somptueux vêtements. Aramis, pour sa part, était un homme simple qui se satisfaisait de peu. Il était toujours occupé et on le voyait peu.

Très vite, d'Artagnan accompagna ses nouveaux amis partout. Les quatre hommes s'entendaient si bien que lorsque d'Artagnan débuta son service dans les cadets, Athos, Porthos et Aramis joignirent le même régiment pour rester avec lui.

LE MERCIER ET SON ÉPOUSE

Un jour, d'Artagnan reçut la visite du mercier, M. Bonacieux. Ce petit homme envieux et grossier n'avait aucune loyauté envers son roi et sa belle et jeune épouse.

- « Je viens vous voir, monsieur d'Artagnan, au sujet d'une importante affaire. Mon épouse Constance, qui est lingère chez la reine, a été enlevée hier matin parce qu'elle aurait aidé la reine et le duc de Buckingham à se rencontrer. Il y a quelques jours, la reine a confié à mon épouse que quelqu'un avait écrit au duc en son nom pour lui faire croire qu'elle désirait le rencontrer à Paris. Si Constance a des problèmes, on me croira complice et on m'emprisonnera. Vous devez m'aider.

- Je m'en occupe, » déclara d'Artagnan.

Peu après la visite de M. Bonacieux, les Trois Mousquetaires arrivèrent chez d'Artagnan qui s'empressa de leur relater sa rencontre avec le mercier.

- « J'ai entendu dire que la reine était amoureuse du duc de Buckingham, dit d'Artagnan.

- Est-il vrai que le duc se trouve à Paris en raison de cette fausse lettre ?, demanda Athos.

- La reine est inquiète, précisa d'Artagnan. Nous devons vite retrouver l'épouse de monsieur Bonacieux. Elle détient la clé de tout ce mystère. »

La porte s'ouvrit brusquement et M. Bonacieux entra en criant : « Sauvez-moi, sauvez-moi ! ». Quatre gardes le poursuivaient et ils eurent vite fait de le saisir et de l'emmener avec eux.

- « Il n'arrivera rien de fâcheux à Bonacieux, dit d'Artagnan aux trois mousquetaires. Pour l'instant, il est plus en sécurité en prison. Chers amis, nous avons une mission à accomplir ! Un pour tous, tous pour un : dorénavant, ce sera notre devise. À partir de maintenant nous sommes les ennemis du cardinal de Richelieu.

- Un pour tous, tous pour un ! », lancèrent les quatre hommes.

D'ARTAGNAN RENCONTRE CONSTANCE

Pendant quelque temps, la maison de M. Bonacieux, où habitait d'Artagnan, fut assiégée par les gardes du cardinal qui interrogeaient tous ceux qui passaient par là. De chez lui, d'Artagnan pouvait entendre tout ce qu'ils disaient. Une nuit, il fut éveillé par des cris provenant de l'escalier.

- « Je crois bien qu'il s'agit d'une femme », pensa-t-il.

Quelques instants plus tard, il entendit la femme s'exclamer : « Mais je vous dis que j'habite ici ! Je suis l'épouse du mercier et la lingère de la reine. »

- « Justement la femme que je cherchais », jubila d'Artagnan.

Il se faufila jusqu'au rez-de-

chaussée et se précipita dans la pièce en brandissant son épée. Là, il fit face à quatre hommes armés qu'il combattit vigoureusement jusqu'à ce qu'ils s'enfuient à toutes jambes.

D'Artagnan resta seul avec Constance Bonacieux. Il fut surpris par sa beauté. Sa chevelure était longue et soyeuse, ses yeux incroyablement bleus et son sourire adorable. Il remarqua, à ses pieds, un mouchoir qui lui semblait familier. Galant, il le ramassa et le lui remit.

- « Vous m'avez sauvée, dit-elle en replaçant le mouchoir dans sa poche. Que me veulent ces hommes ? Et où est mon mari ?

- À la prison de la Bastille, répondit d'Artagnan.

- Mais il est innocent !

- Il y sera en sécurité pour l'instant. Mais, dites-moi, comment avez-vous échappé à vos ravisseurs ?

- Ils m'ont laissée seule un moment et je me suis enfuie en sautant par une fenêtre, expliqua-t-elle. Je me suis précipitée ici pour retrouver mon mari et l'envoyer porter un message.

- Quel est ce message ?

- Je ne peux vous le dire, répondit la femme du mercier.

- Vous le devez, sinon je ne pourrai vous aider, rétorqua d'Artagnan. Les hommes du cardinal ne tarderont pas à revenir ici.

- Vous avez raison, soupira la femme.

- Alors, dites-moi ce que je dois faire pour vous aider.

- Rendez-vous au palais du Louvre où la reine habite, demandez à voir son valet et envoyez-le moi.

- C'est comme si c'était fait. En attendant, laissez-moi vous conduire chez un de mes amis où vous pourrez vous cacher en toute sécurité. »

D'Artagnan accompagna Constance jusqu'à sa cachette et partit en direction du palais, où il rencontra le valet et lui remit le message. Le valet de la reine vint rapidement auprès de Constance.

Sa mission accomplie, d'Artagnan retourna chez lui en pensant à la jolie Constance Bonacieux...

D'ARTAGNAN APPREND UN SECRET

Avant de rentrer chez lui, d'Artagnan décida de rendre visite à Aramis. En s'engageant sur la rue où celui-ci habitait, il aperçut une femme, enveloppée d'une longue cape, qui frappait à la fenêtre d'une maison. Les volets s'entrouvrirent et la femme donna un mouchoir à la personne qui se trouvait à l'intérieur. Le mouchoir était identique à celui qu'il avait remis à Constance.

Lorsque la femme se retourna pour partir, d'Artagnan fut étonné de constater qu'il s'agissait bel et bien de Constance. Que pouvait-elle faire là à cette heure ? Et à quoi rimait cette histoire de mouchoirs ? Il s'avança pour lui parler. Visiblement effrayée, elle le supplia : « Tuez-moi si vous le devez, mais je ne vous dirai rien. » Cependant, quand elle le reconnut, elle soupira d'aise et dit :

- « Merci mon Dieu, c'est vous ! Mais pourquoi me suivez-vous ?

- J'allais rendre visite à un ami et je vous ai vue devant cette maison. J'ai attendu pour voir ce que vous faisiez.

- Je ne peux rien vous dire, souffla-t-elle. S'il vous plaît, accompagnez-moi jusqu'à une maison où je dois porter un message. Mais promettez-moi de ne me poser aucune question et de partir avant que je n'entre dans cette demeure. C'est une question de vie ou de mort. »

D'Artagnan accompagna Constance et la quitta au moment où elle frappait à la porte.

Poursuivant sa route, il se retrouva au sommet d'un grand escalier. Il aperçut au bas des marches un homme vêtu comme un mousquetaire qui discutait avec une femme. C'était Constance !

D'Artagnan, furieux, était convaincu que Constance lui avait menti et qu'elle rencontrait en secret un de ses amis. Il dévala l'escalier et leur bloqua la route.

- « Que voulez-vous, monsieur ?, demanda l'homme avec un accent anglais. Laissez-nous passer. »

D'Artagnan fut stupéfait. Ce n'était pas un mousquetaire, mais bien le duc de Buckingham, un important conseiller du roi

d'Angleterre.

- « Je suis désolé. Je vous ai confondu avec quelqu'un d'autre, s'excusa d'Artagnan. Puis-je vous être de quelque secours ?

- Vous êtes courageux et j'accepte votre offre, répondit le duc. Nous nous dirigeons vers le palais du Louvre. Veillez à ce que personne ne nous suive. »

LE DUC DE BUCKINGHAM ET LA REINE DE FRANCE

Le duc et Constance, escortés par d'Artagnan, se rendirent au palais. Une fois arrivés, Constance renvoya d'Artagnan chez lui et elle conduisit ensuite le duc dans une pièce secrète où il attendit seul. Ennemi juré du roi de France, le duc risquait sa vie, si quiconque le reconnaissait. Il s'était rendu à Paris parce qu'il aimait la reine plus que toute autre femme.

La reine Anne entra. Elle était resplendissante. Le duc s'agenouilla et lui baisa la main.

- « Duc, vous savez que je n'ai pas écrit la lettre que vous avez reçue. Pourquoi avez-vous risqué votre vie en venant me trouver ici ?

- Parce que je vous aime.

- Ne comprenez-vous pas que notre situation est sans issue ? Je suis mariée au roi de France et l'Angleterre est notre ennemie.

Tout nous sépare.

- Je ne peux me faire à l'idée de ne plus jamais vous revoir, dit le duc. Je risquerais tout pour être avec vous. Je ne demande rien de plus que votre amour.

- Je deviendrais folle si j'étais la cause de votre mort en France. Je vous supplie de repartir vers l'Angleterre dès maintenant, implora la reine.

- Je ferai ce que vous me demandez, soupira le duc. Mais laissez-moi un objet en souvenir de vous... »

La reine quitta la pièce et revint en tenant un coffret dans ses mains. Lorsqu'elle l'ouvrit, le duc aperçut un magnifique joyau incrusté de douze diamants.

- « Voici, dit la reine. Prenez ceci et gardez-le en souvenir de moi. »

À cet instant, la reine ne se doutait pas que ce cadeau risquait de la perdre...

M. BONACIEUX REJOINT LE CARDINAL

Pendant ce temps, M. Bonacieux vivait des moments pénibles à la prison de la Bastille. On l'avait jeté derrière les barreaux et il subissait d'interminables interrogatoires.

- « Je ne sais rien !, ne cessait-il de répéter à ses geôliers. Je ne sais pas ce que mon épouse a fait. Et je ne connais pas non plus les hommes qui l'ont enlevée ! »

Très vite, M. Bonacieux se rendit compte que les hommes qui l'avaient arrêté étaient au service du cardinal. Il décida donc de vanter les mérites de cet homme à qui voulait bien l'entendre. La nuit suivante, il eut la surprise de se retrouver face à face avec cet homme puissant qu'il craignait tant.

- « On me dit que vous êtes accusé de haute trahison, tonna le cardinal.

- Je vous le jure, je ne sais rien », répondit M. Bonacieux.

Le cardinal sourit.

« Cet homme n'a jamais rien fait de sa vie, pensa-t-il. Il est suffisamment stupide pour m'être utile ».

- « Vous avez comploté avec votre épouse et le duc de Buckingham, dit le cardinal d'une voix menaçante.

- Je n'ai rien comploté, se défendit le mercier. Je l'ai entendue dire que vous aviez réussi à attirer le duc à Paris. Mais je lui ai dit que le cardinal de Richelieu était incapable de...

- Silence !, coupa le cardinal. Vous êtes un imbécile !

- C'est ce que mon épouse me répète sans cesse, Votre Éminence, soupira M. Bonacieux.

- Savez-vous où se trouve votre femme ? Elle s'est échappée de prison.

- Comment pourrais-je le savoir ? Je suis moi-même en prison !

- Faites-moi confiance, nous saurons tout, dit le cardinal. Mais d'abord, vous devez nous révéler les allées et venues de votre femme au cours des derniers jours. »

Bonacieux parla tout de suite et révéla au cardinal beaucoup plus que ce qu'il lui avait demandé. Quand ce dernier eut appris tout ce qu'il voulait savoir, il serra la main de M. Bonacieux, lui donna quelques pièces d'or et déclara : « Mon ami, vous êtes libre. »

Quelques instants plus tard, l'homme à la cicatrice arrivait à la prison, porteur de nouvelles pour le cardinal.

- « Un domestique m'a appris que la reine et le duc s'étaient vus en secret. La reine a donné au duc le joyau aux douze diamants qui lui a été offert par le roi.

- Parfait, sourit le cardinal. Ainsi, nous pourrons causer sa perte. Envoyez-moi vite mon domestique, j'ai un message à faire livrer.

- Et M. Bonacieux ?, demanda

l'homme.

- Je l'ai convaincu d'espionner sa femme. Maintenant, laissez-moi. »

Dès que l'homme à la cicatrice le quitta, le cardinal rédigea une lettre :

Milady, soyez au premier bal auquel le duc assistera. Il portera un bijou composé de douze diamants. Approchez-vous de lui et subtilisez-lui deux diamants. Dès que vous les aurez en votre possession, prévenez-moi.

Puis, le cardinal donna ses instructions à son domestique :

- « Portez immédiatement cette lettre à Londres, à l'intention de Milady ! »

Le plan du cardinal était fin prêt. Sa haine envers la reine et le duc de Buckingham était immense, mais il avait ses raisons... Le cardinal avait aimé la reine jadis, mais elle lui avait préféré le duc. Depuis, il s'était juré de les conduire tous deux à leur perte.

Pour exécuter la première étape de son plan, le cardinal rendit visite au roi.

- « Il semblerait que le duc de Buckingham soit à Paris, dit-il au souverain.

- Que dites-vous ! Ici !, s'exclama le roi. Et pourquoi ?

- Sans doute pour comploter avec vos ennemis, répliqua le cardinal. Peut-être même avec la reine.

- En êtes-vous certain ? » Le roi Louis XIII était toujours prêt à croire que son épouse complotait contre lui.

Maintenant que le cardinal avait réussi à semer des doutes dans l'esprit du roi, il attendit de recevoir des nouvelles de Milady. Sa lettre arriva une semaine plus tard : *J'ai les deux diamants. Je serai à Paris dès que possible.*

Le moment était venu pour le cardinal de passer à l'action. La deuxième étape de son plan consistait à convaincre le roi d'organiser un bal deux semaines plus tard.

Alors qu'il planifiait le bal en compagnie du souverain, le cardinal lui demanda :

- « Pourquoi ne proposez-vous pas à la reine de porter la parure de diamants que vous lui avez offerte ? Elle lui va si bien. »

Le roi fut surpris par la requête du cardinal mais demanda tout de même à la reine de porter ce bijou inestimable.

- « Madame, je désire donner un bal dans deux semaines et j'aimerais que vous portiez à cette occasion la parure de diamants que je vous ai offerte.

- Bien sûr, Majesté », répondit-elle en pâlissant. Elle sut d'instinct que le cardinal était à l'origine de cette requête.

Plus tard, assise dans sa chambre en compagnie de Constance, elle crut que tout était perdu. Le cœur brisé, elle lui dit :

- « Le cardinal sait tout et, bientôt, le roi découvrira aussi que j'ai offert les diamants au duc de Buckingham. Que vais-je faire ?

- Je peux vous aider, suggéra Constance. Vous avez offert ces diamants au duc, n'est-ce pas ? Je connais un messager qui les récupérera.

- Je place ma vie entre vos mains, répliqua la reine. J'écrirai une lettre que votre messager portera au duc de Buckingham, à Londres. »

Constance courut jusque chez elle, avec l'idée de demander à son mari d'agir comme messager, ne sachant pas qu'il était devenu un espion au service du cardinal.

- « Vous devez apporter une lettre à Londres. Vous recevrez beaucoup d'argent en retour, dit-elle à son mari.

- Beaucoup d'argent ? Les yeux de monsieur Bonacieux se mirent à briller. Combien ? À qui cette lettre est-elle adressée ?

- À une personne très importante, répondit Constance.

- Mon ami le cardinal m'a averti de me méfier de ce genre de choses.

- Vous avez parlé au cardinal ? », lui demanda Constance. Elle sut alors qu'elle ne pouvait plus faire confiance à son mari.

- « À bien y penser, dit-elle, ce n'est pas si important. N'y pensez plus. »

M. Bonacieux s'aperçut alors qu'il avait trop parlé.

- « Je dois rejoindre un ami, mais je serai de retour bientôt », dit-il, visiblement nerveux. Le mercier se rendit aussitôt chez le cardinal.

Demeurée seule à la maison, Constance se demanda en soupirant : « Que puis-je faire maintenant ? »

- « Chère dame, dit une voix derrière la porte, je vais vous aider ! C'était d'Artagnan.

- Vous avez tout entendu ?

- J'ai tout entendu et je suis votre homme.

- Comment savoir si je puis vous faire confiance ?, lui demanda Constance.

- Madame, ne voyez-vous pas que je vous aime et que ma loyauté envers la reine est inébranlable ? Ce voyage vous le prouvera !, répondit d'Artagnan.

- Dépêchez-vous, nous ne disposons que de très peu de temps. Voici une lettre que vous devez porter à Londres et remettre au duc de Buckingham. »

Au moment où d'Artagnan s'esquivait par la porte arrière, M. Bonacieux rentrait chez lui, accompagné de l'homme à la cicatrice.

- « Bonacieux !, dit l'homme sur un ton plein de reproches. Vous avez été trop stupide pour obtenir la lettre. Récupérez-la ! »

Il était trop tard. D'Artagnan était déjà en route. Il alla tout de suite trouver Athos, Porthos et Aramis.

- « Nous partons pour Londres ce soir !, lança-t-il à ses amis étonnés.

- Et pourquoi donc ?, demanda Porthos.

- Pour remettre une lettre d'une extrême importance au duc de Buckingham.

- D'Artagnan, nous sommes prêts à te suivre !, dirent les trois mousquetaires.

- Un pour tous, tous pour un ! », lancèrent-ils à l'unisson.

D'Artagnan expliqua son plan à ses amis :

- « Nous devons nous rendre

immédiatement à Calais pour ensuite naviguer jusqu'à Londres. Nous voyagerons ensemble. Si je suis tué, l'un de vous récupérera la lettre dans ma poche. S'il est tué, un autre prendra la relève... Il suffit qu'un seul d'entre nous arrive à destination ! »

Les quatre amis quittèrent Paris dans la nuit. Six heures plus tard, ils atteignirent une auberge où ils prirent le déjeuner. Un homme à la mine renfrognée, se trouvant à la table voisine, demanda à Porthos de trinquer à la santé du cardinal. En échange, Porthos lui demanda de trinquer à la santé du roi.

- « Le cardinal est la seule personne que je sers, lança l'homme en dégainant son épée.

- Porthos, occupe-toi de lui et rejoins-nous le plus vite possible, ordonna Athos. Le temps presse ! »

D'Artagnan, Aramis et Athos poursuivirent leur route pendant que Porthos réglait ses comptes. Deux heures plus tard, ils aperçurent au loin huit ouvriers qui travaillaient en bordure de la route. Lorsque les mousquetaires furent près d'eux, les hommes dégainèrent des pistolets et firent feu. Aramis reçut une balle à l'épaule.

- « C'est une embuscade, s'écria d'Artagnan. Fuyons ! »

Ils réussirent à s'échapper et reprirent leur chemin vers Londres, mais Aramis était trop mal en point pour continuer. Lorsqu'ils arrivèrent au prochain village, Athos et d'Artagnan confièrent Aramis aux bons soins de l'aubergiste afin qu'il reprenne des forces.

Vers minuit, les deux amis atteignirent un autre village où ils passèrent la nuit. Le lendemain matin, lorsqu'ils se présentèrent pour payer leur nuitée, l'aubergiste se mit à crier que l'argent était faux et qu'il les ferait arrêter. À cet instant, quatre hommes armés entrèrent dans l'auberge et se ruèrent sur les deux voyageurs. Athos fut blessé, mais d'Artagnan réussit à s'échapper.

Le jeune homme n'avait d'autre choix que de poursuivre seul sa mission. « Je reviendrai te chercher », cria-t-il à Athos en sautant sur son cheval.

Il galopa à toute vitesse vers Calais où il s'embarqua sur un navire en partance pour l'Angleterre. Le lendemain matin, il accosta à Douvres et, quelques heures plus tard, arriva à Londres. Il se dirigea rapidement chez le duc de Buckingham. Lorsqu'il vit d'Artagnan, il s'écria :

- « J'espère qu'il n'est rien arrivé à la reine ?

- Pas encore, répondit d'Artagnan. Mais je crois qu'elle est en danger et vous êtes la seule personne capable de la sauver. Voici une lettre qui explique tout. »

Après avoir lu la lettre, le duc conduisit d'Artagnan dans une pièce où se trouvait le coffret contenant les diamants de la reine. En l'ouvrant, le duc poussa un cri.

- « Il ne reste que dix diamants ! Je suis convaincu que le cardinal et Milady sont les auteurs du vol. »

Le duc de Buckingham expliqua à d'Artagnan :

- « J'ai assisté à un bal où Milady, pardon, je devrais dire la comtesse de Winter, a dansé avec moi. C'est sûrement elle qui a subtilisé les diamants. »

Le duc réfléchit un instant.

- « Quand le bal du roi doit-il avoir lieu ?

- Dans cinq jours, répondit d'Artagnan.

- Cela nous laisse suffisamment de temps », rétorqua le duc. Il appela son domestique.

- « Envoyez-moi mon joaillier immédiatement », lui ordonna-t-il.

Le joaillier arriva quelques mi-nutes plus tard. Le duc lui montra les diamants et lui demanda combien de temps il lui faudrait pour tailler deux nouvelles pierres en tous points identiques aux autres.

- « Huit jours, Milord, répondit-il.

- Vous recevrez deux fois leur valeur si vous arrivez à les fabriquer en deux jours. »

Les deux diamants furent remplacés à temps et d'Artagnan regagna le navire qui le ramènerait en France.

LA REINE EST SAUVÉE

Le lendemain, tout Paris parlait du bal du roi qui devait avoir lieu le soir même. À leur arrivée, certains invités remarquèrent que le roi semblait préoccupé. À ses côtés, le cardinal paraissait enchanté. Lorsque la reine fit son entrée, elle semblait épuisée. Le cardinal sourit : elle ne portait pas les diamants !

- « Pourquoi ne portez-vous pas votre parure de diamants ?, demanda le roi.

- J'ai peur de les abîmer, répondit la reine.

- Vous avez tort, lui reprocha le roi, frémissant de colère. Je vous ai offert ce bijou pour qu'il soit vu. Je vous demande d'aller le chercher et de le porter. »

Alors que la reine se rendait à sa chambre, le cardinal présenta deux diamants au roi.

- « De quoi s'agit-il ?, demanda le souverain.

- Si la reine revient avec le bijou que vous lui avez offert, ce dont je doute, comptez les diamants, dit le cardinal. Si vous n'en dénombrez que dix, demandez des explications à la reine. »

Quelques instants plus tard, le cardinal entendit un murmure d'admiration provenant de la foule. La reine portait les fameux diamants.

Le cardinal devint blanc de rage : le collier était revenu en France !

- « Comment expliquez-vous cela ?, demanda le roi au cardinal.

- Je désirais tout simplement offrir ces deux diamants à la reine, répondit le fourbe personnage.

- Je vous suis très reconnaissante, dit la reine en regardant le cardinal droit dans les yeux. Ces diamants vous ont sûrement coûté une fortune ! »

D'ARTAGNAN S'ENGAGE DANS DE NOUVELLES AVENTURES

Un mois passa. Un soir, d'Artagnan rentra chez lui et trouva une lettre sous sa porte, écrite en ces termes. *Présentez-vous devant le pavillon de Saint-Cloud à 22 heures.* D'Artagnan était fou de joie : la lettre était de Constance !

Arrivé à Saint-Cloud, d'Artagnan patienta plus d'une heure. Constance n'arrivait pas. Il regarda à l'intérieur du pavillon par une fenêtre et constata qu'il y régnait un grand désordre. Devant l'entrée, le sol avait été piétiné. Il était empreint de traces de sabots de chevaux et même celles d'un carrosse.

D'Artagnan interrogea les voisins et apprit qu'une jeune femme avait été enlevée par quatre hommes. Lorsqu'on lui décrivit les ravisseurs, d'Artagnan sut qu'il s'agissait de M. Bonacieux et de l'homme à la cicatrice !

D'Artagnan devint soucieux : il partit tout de suite à la recherche de ses trois amis mousquetaires.

Porthos et Aramis se reposaient chez eux. Quant à Athos, d'Artagnan le retrouva dans une auberge. Quand Athos aperçut d'Artagnan, il l'invita à sa table et lui raconta son grand secret.

- « Je veux vous raconter comment une femme a détruit ma vie, dit-il. Vous devez apprendre à ne pas toujours faire confiance à ceux que vous aimez. J'étais jadis un homme riche connu sous le nom du comte de La Fère. Je devins amoureux d'une jeune fille de seize ans nommée Charlotte Backson. Nous nous sommes mariés et j'ai constaté rapidement qu'elle n'était pas celle qu'elle prétendait être.

Un jour, j'ai vu qu'elle avait un fleur de lys tatoué sur l'épaule : c'est à cette marque que l'on reconnaît les criminels. J'ai renoncé à elle et je l'ai laissée pour morte. »

Troublé par cette histoire, d'Artagnan ramena Athos à Paris et ils rejoignirent les deux autres mousquetaires. À leur arrivée, d'Artagnan trouva une lettre de M. de Tréville l'informant que le roi était prêt à entreprendre une guerre contre l'Angleterre. Il proposait à d'Artagnan d'entrer dans la compagnie des mousquetaires. Enfin, son rêve se réalisait ! Mais cette nouvelle n'arriva pas à le réjouir : Constance avait disparu et il lui fallait la retrouver !

D'ARTAGNAN RENCONTRE MILADY

Le lendemain, d'Artagnan apprit que sa bien-aimée avait été emprisonnée. Il demanda à la reine de l'aider. Celle-ci promit de faire libérer Constance et de l'installer dans un couvent où elle serait en sécurité.

En quittant le palais en compagnie de son valet, d'Artagnan aperçut Milady passer en carrosse à toute vitesse. Il était déterminé à en apprendre davantage sur cette femme. Par chance, d'Artagnan et Planchet virent le carrosse une deuxième fois alors qu'ils se rendaient chez le comte de Wardes, que d'Artagnan avait blessé quelques jours plus tôt en duel.

Milady sortit du véhicule pour remettre une lettre au domestique du comte de Wardes. Par erreur, elle la remit à Planchet, le méprenant pour l'employé du comte et lui dit : « Remettez ceci à votre maître. »

D'Artagnan s'empara de la lettre et l'ouvrit : *Une personne qui s'intéresse grandement à vous aimerait vous rencontrer. J'attends votre réponse demain.* La lettre était signée : *Milady*.

- « Tiens, songea d'Artagnan, Milady s'intéresse grandement au comte. Voyons où tout cela nous mènera. »

Il suivit le carrosse jusqu'à ce qu'il s'arrête. D'Artagnan épia Milady qui se disputait vivement avec un homme.

- « Madame, dit d'Artagnan en s'avançant. Vous n'avez qu'à prononcer un mot pour que je vous débarrasse de cet homme ! »

- Monsieur, répondit Milady, j'accepterais volontiers votre aide si cet homme n'était pas mon frère.

- Pardonnez-moi, dit d'Artagnan, et il se tourna vers l'homme pour lui demander son nom.

- Je suis le lord de Winter. Qui est cet homme stupide ? », demanda le personnage à Milady.

D'Artagnan, outré, dégaina son épée.

- « Je ne suis pas armé, lui déclara le lord de Winter en rageant. Venez me rejoindre à l'auberge ce soir et nous réglerons cette querelle. »

Le lord de Winter était déjà là lorsque d'Artagnan se présenta au lieu convenu. Les deux hommes dégainèrent leurs épées. Le duel ne dura pas longtemps. Le lord de Winter, qui semblait fatigué, glissa et tomba pendant l'escarmouche.

- « Je pourrais vous tuer mais je vous laisse la vie sauve par égards pour votre sœur », lui déclara d'Artagnan.

Le lord de Winter remercia le jeune homme et l'invita à rencontrer sa sœur le soir même.

D'Artagnan relata l'incident aux Trois Mousquetaires et Athos le prévint :

- « N'oubliez jamais que Milady est l'amie du cardinal. Elle vous perdra. »

D'Artagnan était trop ébloui par la beauté de Milady pour porter attention aux paroles d'Athos. Ce soir-là, il rendit donc visite à la mystérieuse dame. Il fut charmé par sa grâce et son sourire. Au fil de leur discussion, il apprit que le mari de Milady était mort et qu'elle était l'unique héritière de la fortune de son frère, le lord de Winter. D'Artagnan était subjugué par les charmes de cette femme. Elle lui demanda de revenir le lendemain et tous les soirs suivants.

La servante de Milady, Ketty, conduisit le jeune homme à la porte. Il ne se doutait pas qu'elle allait devenir une alliée de grande valeur...

D'ARTAGNAN EST DÉÇU

Plus il la voyait, plus d'Artagnan aimait Milady, ce qui inquiétait grandement Ketty qui connaissait trop bien sa maîtresse. Un soir, à l'arrivée de d'Artagnan, Ketty le prit à part et lui demanda :

- « Êtes-vous amoureux de Milady ?

- De tout mon coeur !, s'exclama d'Artagnan. Je suis fou d'elle !

- C'est dommage, répliqua Ketty, car elle ne vous aime pas. »

La servante lui remit alors une lettre qui disait : *Vous n'avez pas répondu à ma première lettre. M'avez-vous oubliée ? Voici une chance de répondre.*

D'Artagnan pâlit. La lettre était adressée au comte de Wardes ! Milady était-elle donc amoureuse de ce dernier ?

- « Aidez-moi à planifier ma vengeance, demanda-t-il à Ketty. Je veux triompher d'elle et prendre la place de mon rival ! »

Leur discussion fut interrompue par le bruit d'une porte se refermant.

- « Cachez-vous !, chuchota Ketty. Milady approche. »

Ketty s'élança à la rencontre de sa maîtresse. Du placard où il était caché, d'Artagnan pouvait tout entendre.

- « Je n'ai pas vu d'Artagnan ce soir, dit Milady. Il a probablement été retardé. Je le déteste ! Il a épargné le lord de Winter en duel et m'a fait perdre mon héritage. J'aurais dû le tuer il y a longtemps. Laissez-moi maintenant, Ketty. Et assurez-vous d'obtenir une réponse à la lettre que je vous ai remise pour le comte de Wardes. »

D'Artagnan sut alors qu'il devait se venger. Il fit promettre à Ketty de lui remettre la prochaine lettre que Milady adresserait au comte de Wardes, ce qu'elle fit dès le lendemain. Cette lettre disait : *Voici trois fois que je vous écris mon amour pour vous. Prenez garde si vous ne me répondez pas. Donnez votre réponse à la domestique qui vous a remis cette lettre.*

D'Artagnan prit une plume et écrivit : *Madame, je n'étais pas certain que les deux premières lettres s'adressaient bien à moi. Permettez-moi de vous rencontrer chez vous ce soir à 23 heures. Je serais heureux de pouvoir vous présenter mes excuses. Le comte de Wardes.*

La lettre fut livrée à Milady. Elle ordonna à ses domestiques d'éteindre toutes les lumières avant que le comte n'arrive, afin qu'il ne puisse être vu. Cette décision aida d'Artagnan à réaliser son plan.

Le jeune homme arriva habillé comme le comte et se tint dans l'embrasure de la porte de la chambre de Milady. Elle dit :

- « Comte de Wardes, pourquoi n'entrez-vous pas ? Vous savez que je vous attends. Pour vous prouver mon amour, je vous offre ceci. »

Elle retira une bague de son doigt et la glissa à celui de d'Artagnan. C'était un magnifique saphir. Puis, d'Artagnan, sous l'identité du comte, proposa à Milady une autre rencontre la semaine suivante.

Le lendemain, d'Artagnan alla demander conseil à Athos. Après lui avoir tout raconté, il lui montra la bague. Athos pâlit.

- « Cette bague vous a été donnée par Milady ?, s'écria-t-il. C'est impossible ! C'est la bague que j'ai offerte à mon épouse, la comtesse de La Fère, il y a plusieurs années. Elle est morte maintenant. D'Artagnan, éloignez-vous de cette

femme ! Quelque chose me dit qu'elle est très dangereuse.

- Vous avez raison, dit d'Artagnan. Je ne la reverrai plus. »

D'Artagnan revint chez lui et rédigea une deuxième fausse lettre de la part du comte de Wardes, disant qu'il ne pouvait revoir Milady. Lorsque celle-ci reçut la lettre, elle se mit en colère.

- « Quand on m'insulte, je me venge, dit-elle. Elle se retourna vers Ketty. Envoyez-moi d'Artagnan immédiatement. »

Quand d'Artagnan reçut la convocation, il réfléchit et conclut : « Je dois y aller, sinon elle me soupçonnera. » Il rendit donc visite à Milady le soir même.

- « M'aimez-vous ?, lui demanda-t-elle.

- Depuis le moment où je vous ai aperçue, dit-il en jouant le jeu.

- Que feriez-vous pour me prouver votre amour ?

- Tout ce que vous voudrez, Milady.

- Soit. Je vous demande de tuer un homme qui m'a offensée. Il s'agit du comte de Wardes.

- Je vous vengerai dès demain ! », s'exclama d'Artagnan.

Alors qu'il s'apprêtait à partir, elle lui demanda de voir sa bague. D'Artagnan avait complètement oublié le fameux saphir ! Il se rendit compte qu'il ne pouvait plus mentir et avoua qu'il était venu à la place du comte de Wardes et que, par conséquent, c'est à lui qu'elle avait donné la bague.

Pâle et tremblante, Milady agrippa sa main et, ce faisant, sa robe glissa sur son épaule. D'Artagnan fut stupéfait d'aper-cevoir, tatoué sur son épaule, un fleur de lys...

- « Grand Dieu !, s'exclama-t-il.

- Vous connaissez mon secret, hurla-t-elle. Vous mourrez ! » Elle s'empara d'un couteau posé sur sa table de chevet.

D'Artagnan était terrifié par sa colère. Il courut hors de la pièce alors que Milady le pourchassait, la lame de son couteau pointée vers lui et le regard rempli de haine. Il réussit à s'échapper.

D'Artagnan se précipita chez Athos.

- « Milady a un fleur de lys tatoué à l'épaule ! Êtes-vous certain que la femme que vous avez aimée est morte ?, demanda-t-il.

- Est-elle très belle, avec des cheveux blonds et des yeux bleus ? Et le fleur de lys est-il rose ?,

- Oui ! Oh, Athos ! Elle se vengera.

- Comment est-ce possible ?, murmura Athos. Il secoua la tête et dit à d'Artagnan: soyez très prudent. Elle est proche du cardinal qui vous déteste parce que vous avez récupéré les diamants. »

D'Artagnan devait réfléchir. Constance avait été enlevée. Le cardinal et Milady étaient ses ennemis jurés et il ne savait pas jusqu'où ils iraient pour se venger. Il décida donc de réunir ses amis pour leur confier ses craintes. Après un moment, il déclara à Athos :

- « Je suis convaincu que Milady est bel et bien votre épouse !

- Nous devons découvrir la vérité dès maintenant », affirma Athos.

Ils se rendirent tous chez Milady pour constater qu'elle avait disparu.

D'Artagnan et les Trois Mousquetaires partirent à la recherche de Milady. Ils commencèrent leurs recherches à l'auberge du Colombier-Rouge. À leur grande surprise, ils y trouvèrent le cheval du cardinal ! Athos demanda à l'aubergiste s'il avait accueilli des visiteurs au cours des dernières heures.

- « Oui monsieur. Une jeune et jolie femme est arrivée en carrosse et elle est immédiatement montée à sa chambre où le cardinal l'a rejointe. »

Les mousquetaires avaient de la chance. Ils s'attablèrent pour manger et élaborer leur plan. Soudain, ils entendirent une voix de femme :

- « Je vous écoute, Cardinal. »

Athos sursauta. Il connaissait cette voix. Il remarqua alors que le tuyau de poêle de la salle à manger était fendu et qu'il laissait filtrer les conversations de la chambre du dessus.

- « Un navire partira pour l'Angleterre demain, dit le cardinal. Vous irez à Londres voir le duc de Buckingham. Dites-lui que je conduirai la reine à sa perte s'il ne met pas fin à cette guerre.

- Et s'il refuse ?, demanda Milady.

- Alors il sera tué, répondit le cardinal. Peut-être qu'un jeune homme amoureux d'une belle femme comme vous pourrait accomplir cette tâche.

- D'accord, dit Milady. En échange, je désire connaître le couvent où se cache la femme de M. Bonacieux. »

Athos n'avait pas besoin d'en entendre plus. Il attendit le départ du cardinal et demanda à ses amis de rentrer sans lui.

Après leur départ, Athos se rendit, le visage couvert par son chapeau, à la chambre de Milady.

- « Qui êtes-vous, que voulez-vous ?, cria-t-elle en l'apercevant.

- Vous ne me reconnaissez pas ?, demanda-t-il en découvrant son visage.

- Le comte de La Fère !, murmura Milady terrifiée.

- Oui madame, votre mari ! Je vous croyais morte. Mais j'ai appris beaucoup de choses à votre

Londres en complotant le meurtre du duc de Buckingham.

MILADY TRIOMPHE EN ANGLETERRE

Athos rejoignit ses compagnons et leur annonça : « Messieurs, nous devons parler. Il leur raconta sa rencontre avec Milady. Nous attendrons Milady de pied ferme », dit-il en terminant son récit.

- « Nous devons d'abord écrire au lord de Winter pour qu'il retienne Milady à son arrivée à Londres, dit Athos. Elle ne doit pas s'approcher du duc ou de quiconque qui pourrait succomber à son charme. De Winter est un ami du duc. Il le protégera. »

D'Artagnan rédigea la lettre en ces termes : *Rappelez-vous de notre rencontre à Paris. Vous m'avez affirmé que nous étions amis après que je vous aie épargné en duel. Il est de mon devoir de vous informer que votre sœur Milady est en route vers l'Angleterre pour assassiner le duc. Retenez-la si vous le pouvez.*

sujet depuis que vous fréquentez le cardinal. Je sais que vous vous apprêtez à assassiner le duc de Buckingham. Donnez-moi la lettre que vous a remise le cardinal sinon je vous tue. »

Milady lui tendit la lettre : *Le porteur de cette lettre a commis des crimes selon mes ordres pour le bien de l'État. Le cardinal de Richelieu.*

Athos emporta la lettre, laissant Milady décontenancée. Mais on ne se débarrassait pas d'elle aussi facilement...

Au matin, elle s'embarqua pour

La lettre partit pour Londres. Deux semaines plus tard, le messager revint avec une missive de lord de Winter: *Merci de m'avoir averti. Je retiens Milady prisonnière chez moi.*

Les mousquetaires attendirent longtemps que des nouvelles leur parviennent. Lorsqu'ils en reçurent, elles étaient mauvaises.

Le duc avait été assassiné par un des gardes de lord de Winter. Les mousquetaires apprirent que Milady était rentrée en France après s'être échappée.

- « Encore une fois, elle s'est servie de son charme pour inciter ce garde à assassiner le duc, grommela Athos. Il l'a probablement aidée à s'échapper. Je l'arrêterai une fois pour toutes, même si je dois le payer de ma vie. »

Parce que le duc était mort, la guerre tirait à sa fin. D'Artagnan ne pouvait s'empêcher de s'inquiéter pour Constance. Il était convaincu que Milady avait découvert son amour pour Constance. Il se prépara à partir pour le couvent où sa bien-aimée était cachée. Les mousquetaires insistèrent pour l'accompagner.

Les quatre hommes prirent la route du couvent sans savoir que Milady les avait devancés. Sitôt arrivée en France, elle avait expédié une note au cardinal, lui demandant de la rejoindre au couvent. Puis, une fois de plus, grâce à ses charmes, elle avait convaincu l'abbesse de l'héberger.

- « J'ai été persécutée par le cardinal, dit-elle. Je vous en supplie, hébergez-moi.

- Je vois, dit l'abbesse qui n'avait jamais aimé le cardinal. Nous hébergeons au couvent une autre femme qui a beaucoup souffert à cause de lui. Peut-être devriez-vous la rencontrer. Elle a bien besoin d'une amie. »

L'abbesse fit demander la jeune femme. Milady ne put croire à sa chance lorsqu'elle reconnut Constance. Enfin, elle tenait d'Artagnan !

Milady se fit passer pour une amie compréhensive. La pauvre Constance n'avait jamais rencontré Milady et elle lui accorda sa confiance. Elle lui parla à plusieurs reprises de son épreuve avec le cardinal et de son amour pour d'Artagnan.

Milady réussit à convaincre Constance que la seule façon de retrouver d'Artagnan était de fuir le couvent avec elle.

- « Rejoignez-moi pour le souper et nous planifierons notre évasion.

- C'est impossible, je dois attendre d'Artagnan !, s'exclama Constance.

- N'ayez crainte, nous lui ferons savoir où il pourra vous trouver », répondit Milady.

Quand arriva l'heure du souper, Constance et Milady attendirent impatiemment le carrosse qui les mènerait très loin du couvent. Imaginez l'étonnement de Milady lorsqu'elle vit d'Artagnan et ses compagnons franchir le portail du couvent ! Heureusement pour elle, Constance n'avait rien vu.

- « Les gardes du cardinal !, cria-t-elle. Ne bougez pas et ne vous approchez surtout pas de la fenêtre. Nous devons trouver une façon de nous échapper. Mais avant, buvez ce vin qui vous redonnera des forces. »

Constance était tellement nerveuse qu'elle but le vin sans réfléchir et devint vite trop faible pour se tenir debout. Le vin était empoisonné !

- « Dépêchons-nous !, lança Milady.

- Je suis trop faible pour marcher, murmura Constance. Partez sans moi. »

Milady s'élança hors de la pièce, évitant de justesse d'Artagnan.

- « Constance !, s'écria-t-il en l'apercevant. Mais la jeune femme se mourait...

- Qui vous a versé ce vin ?, hurla-t-il.

- Mon ami, dit Constance faiblement, ne m'abandonnez pas. Je meurs. »

Puis elle s'effondra sur le sol.

D'Artagnan poussa un terrible cri de douleur. Athos, Porthos et Aramis entrèrent dans la pièce et comprirent ce qui s'était passé.

- « Milady le paiera !, cria d'Artagnan. Nous devons absolument la trouver. »

LA FIN DE MILADY

Les quatre hommes n'avaient qu'une idée en tête : retrouver Milady. Avant de partir, Athos accomplit une dernière mission. Il fut de retour deux heures plus tard, accompagné d'un homme vêtu d'un long manteau qui ne souffla mot à personne.

Le groupe se mit à la poursuite de Milady, interrogeant les gens sur son passage. On lui dit qu'une femme s'était rendue dans la ville d'Armentières où elle attendait, dans une maison abandonnée au bord de l'eau, qu'un bateau vienne la prendre.

Ils atteignirent la maison en un rien de temps. Milady était assise seule devant le foyer. Athos cassa la fenêtre puis s'élança à l'intérieur.

Milady, effrayée, se précipita vers la porte et se buta contre d'Artagnan. Elle poussa un cri terrible.

- « Que voulez-vous ?, hurla-t-elle.

- Nous voulons la femme qui fut mon épouse et qui est aujourd'hui Milady de Winter, dit Athos. Nous sommes ici pour vous juger.

- Je vous accuse du meurtre de Constance Bonacieux, lança d'Artagnan.

- Je vous accuse de m'avoir trompé et de m'avoir enlevé ma fortune, poursuivit Athos. Et je vous accuse d'avoir comploté le meurtre du duc de Buckingham. »

Milady regarda les mousquetaires avec mépris. Elle voulut parler.

- « Silence !, dit l'homme au long manteau.

- Qui êtes-vous ?, demanda Milady.

- Je suis le bourreau, répondit-il. Messieurs, quel est le châtiment ?

- « La mort.

- Charlotte Backson, comtesse de La Fère, Milady de Winter, vous êtes condamnée à mort. »

Le bourreau emmena Milady en bateau de l'autre côté de la rivière. Il revint seul.

LE CARDINAL APPREND TOUT

À son retour à Paris, d'Artagnan fut arrêté et conduit devant le cardinal qui lui dit :

- « Vous êtes accusé de conspiration et d'avoir brouillé mes plans.

- Qui m'accuse ?, demanda d'Artagnan. Milady de Winter ? De toute façon, elle est morte. Il raconta toute l'histoire au cardinal. Nous avons même une lettre de pardon. »

Le cardinal lut la lettre qu'il avait lui-même signée et qui pardonnait tout crime commis par son porteur. Vaincu, il déchira la lettre et en rédigea une autre qu'il tendit à d'Artagnan.

C'était une promesse d'emploi comme lieutenant des mousquetaires ! Le nom était laissé en blanc.

D'Artagnan courut voir ses amis. Il offrit le poste de lieutenant à chacun. Athos prit la lettre et y apposa le nom de d'Artagnan.

- « Mon cher ami, personne ne le mérite plus que vous. »

D'Artagnan était heureux. Pour la première fois de sa vie, il sentit qu'il méritait vraiment d'être un mousquetaire.

- « Un pour tous, tous pour un !, cria-t-il.

- Un pour tous, tous pour un ! », répétèrent en chœur les quatre mousquetaires.